張玉芸詩集

故鄉的溪流

張玉芸 著

詩的源頭是故鄉的那一條河流

故鄉的溪流

故鄉有條清澈的溪流，
繞著山頭畹蜒流下，
溪水激起朵朵白色泡沫，
在河面畫著圓圈圈。

小心地捧在手心，
泡沫瞬間從指間流失，
留下淡然的落寞，
如童年一般的蒼白。

故鄉的溪流啊，
我閉上眼睛，
聽見你急急忙忙的腳步聲，
頭也不回地。

推薦序／讀詩的藝術

／詩人　傅詩予

美國耶魯大學評論家哈羅德•布魯姆教授（Harold Bloom）曾在《讀詩的藝術》書中開宗明義指出「詩本質上是比喻性的語言，凝練集中，因此它的形式兼具表現力和啟發性。」法國作家詩人保羅•瓦樂希（Paul Valéry）曾說散文是走路，寫詩是跳舞。

張玉芸在《故鄉的溪流》這本詩集裡有一首詩，具備了這些元素。她巧妙使用食譜上的量斗來丈量抽象的野心、貪心、和謠言，最後這句「你將品嘗這道可口的美餚」，更是一句反諷：

〈食譜〉

二茶匙的野心，
三百五十公克的貪心，
五百毫升的謠言。

六杯謊言，
八瓶血液，
幾輛坦克車的殘忍，
數架直昇機的愛國心。

調到爆炸的溫度，
等到聽見無助的尖叫聲，
以及死亡的哀嚎聲，
你將品嘗這道可口的美餚。

另外一首，〈起霧的時候〉：

忽冷忽熱時
鏡片就會模糊

呼一口氣

用布擦拭
重複幾次
這片人生
究竟看清了嗎

作者以擦拭鏡片的動作，聯想了人生，暗喻經常內省，看透人生。

張玉芸素以散文見長，但她同樣熱愛詩歌，她說出版詩集是她的夢想，於是她騰出另一隻手，慢慢編織出這本詩集，數一數，竟有一百首之多。詩人林煥彰先生在〈寫詩，折磨自己：林煥彰的異類詩觀・詩論〉書中提到「詩，是一種感覺」，他說詩要有幸福、悲悵，也要有平靜、激動，詩要有大海，也要有小溪的感覺，讓我們仔細聆聽張玉芸對故鄉、世界、時間、日常和大自然的感覺吧。

余光中先生曾說，「散文，是一切作家的身分證。詩，是一切藝術的入場券。」恭喜玉芸拿到了這張入場券。

寫於加拿大里奇蒙山市

推薦短語

張玉芸的《故鄉的溪流》是一本詩句絕美，內容豐富的詩集。作者的書寫從故鄉和父母親到歐美和中東的恐攻、戰爭。最後再回到詩人的日常生活和天空下自然界的動植物，乃至小鎮、建築物等。內容既深且廣，有些令人歡笑，有些令人心酸，有些則令人沉思。

張玉芸曾說：「詩，不一定是一朵玫瑰花，她可能是一束光，探測某個塵封之角落，或者揭示了一次前所未見的風景。」張玉芸的詩，不管是一朵美麗芬芳的玫瑰花，或是一束耀眼的光，都讓人驚豔，有極為細膩之處，也有氣象非凡的地方。

／詩人　楊風

這詩集，是比微風還輕的流動，既不承載關於詩的爭辯，也不陷落關於詩人的陷溺與矯造。就只是流動，隨處輕揭著藏著的記憶、情感與現實境遇的心情。既詩韻輕颺，又自然寫意。

／作家　巴代

目次

推薦序／讀詩的藝術／詩人 傅詩予 5
推薦短語／詩人 楊風、作家 巴代 8

那時候

明潭之歌 18
車子來了 20
等候的母親 22
寫詩的人 24
履歷表 26
格子襯衫 29
名片簿 31
橡皮擦 32
稍偏柑仔 34
第一雙鞋 36
看看從前 38
清晨的露珠 40

買橘子 42
總有一盞燈 44
老人的眼淚 46
回憶的十種方式 48
十一巷十一號 49

看世界

查理的辦公室 52
自由女神像 54
食譜 56
永遠不懂的事 57
舊石器時代 59
分享 61
高難度色彩學 65
和平之鴿 68
未完成的事 69

這時候

一朵蓮花　71
起霧的時候　73
為藍天致歉　74
羅得的妻子　76
鬱。獄　78
從那裡到這裡　80
賽馬　82
一枝筆　84
婀娜多姿的海洋　85
自傳　88
生命之距離　91
回憶錄　92
幸福的饗宴　94
終於　96

成人守則　97
未來　99
等待　101
鐵路　102
愛爾蘭奶酒　104
釀酒　106
如果風是時光的使者　108
收藏　110
皺紋　112
瑪麗蓮夢露　113
翹翹板　114

寫日常

新鄰居搬來了　116
五線譜　117
分類廣告　118

卡夫卡說　120
旋轉的生命　121
等待確認的數據　123
進化論　125
憤怒頌　126
塞車手冊　127
度量衡　128
鏡　129
偽鈔　131
車站和眼睛　133
我喜歡　136
心事　138
療傷痛　140
信心商學院　142
鳳梨酥　144
水泥磚　145

心痛 146
書房裡的八點檔 147
回家的路上 148

天空下

妳的名字 150
青音樂 151
樹的心事 152
答案 153
冬天的對角線 155
著色遊戲 156
午休時間 157
遺忘 159
聲音 161
向光之旅 163
老鷹之歌 165

地球核心 166
潘比橋 167
在海邊 168
報春花 171
藤 174
樹 175
結松果 176
孤單的魔術師 178
轉變 180
風信子 182
信任 183
關於方向 185
打開雨傘 187
頑皮的風 188
冰雹 189
大地之尺 190

那時候

明潭之歌

沒有河流的奔放旋律，
不懂溪水的熱情湍急，
未曾將海洋設定為方向，
從不羨慕遠處傳來的浪濤拍岸。

日月潭啊，
藍藍的潭水，
清澈如鏡，
沒有出口，
沒有喧囂，
只有靜默的包容。

時而仰臉望天，
與藍天雲朵對話，
和陽光微風招呼，
傾訴身邊人來人往的平凡故事。

遠方的大海啊，
你從來就不是她的終點站，
從來都不是。

車子來了

故鄉的清晨，貓頭鷹在啼叫。
離別的時刻，天色猶暗。
涼風吹來，離情依依。

送機的車子就要來了。
我們的目光同時看著外面——
街燈映照昏黃路面。
我們的言語，刻意避開——
關於離別的話題。

車子就要來了。
別離之前，我們故意——
顧盼左右，閒聊其他，
說再見太沉重。

車子就要來了。
行李箱立在那裏，共有三件。
鼓鼓的胸膛，塞滿親情。
皮箱拉鍊緊緊扣住，一陣一陣難捨的心情。

車子就要來了。
我們刻意說著沒有重量的那些與這些——
「聽，是貓頭鷹的叫聲。」
「夜裡也叫嗎？」
「會冷嗎？」
「添件衣服吧。」

車子來了，
剛好趕上溢滿眼角的淚水，
決堤之前。

等候的母親

有一幅畫，
懸掛心中，
那是母親倚門等候的身影。

無私的畫面，
以皺紋為筆，
描繪落寞的線條，
塗上奉獻的色彩，
閃爍犧牲的明度。

調色盤裡裝滿擔憂的顏料，
光和影只為兒女晃動。
這樣動人的一幅畫，
任憑堅毅的框架緊緊鑲住，
壓平一場逐漸凋零的人生。

從年輕等到年老，
母親的眼睛，
總是望著兒女歸來的方向。

母親啊！
您殷殷等候的身影，
真是叫人心疼。

寫詩的人

寫詩的人啊，
是不是都這樣，
無論如何，
總要寫下一些字句。
浮動的心得以安定，
熱切的情適以抒展，
滿溢的感動尋到出口。

寫詩的人，
將心情梳理為文句，
節篩之後，
安頓記憶於角落。

寫詩的人啊，
一定是相信，
執意寫下來的詩篇，

總會觸動到遠方柔軟的一顆心。
寫詩的人總是這樣想。

寫詩的人，
要求不多，
一向只對字句嚴苛。

履歷表

我偏愛有屋簷的房屋勝過摩天大樓
我偏愛木頭勝過堅固的鋼筋和水泥
我偏愛有主見的頑固勝過唯唯諾諾的微笑
我偏愛窗檯上的麻雀勝過展翅飛翔的老鷹

我偏愛向日葵的迎風招搖勝過政治家篤定的手勢與承諾
我偏愛混亂的森林勝過忙碌的馬路口
我偏愛隨口哼出的音節勝過包裝精美的演講詞
我偏愛自由勝過人們的讚美

我偏愛綠色植物勝過精裝書本
我偏愛清晨的微光勝過閃爍的霓虹燈
我偏愛激起的浪花勝過停滯的水面
我偏愛黃昏的落日勝過精準的手錶

我偏愛眼眶裡的淚珠勝過捲曲的假睫毛
我偏愛及時止住的怒氣勝過溫柔取悅的語氣
——我認為那需要更多的勇氣與愛
我偏愛化石勝過歷史
我喜歡鼓聲勝過喇叭

我啊……
一個野心十足的人
經常想用文字補捉流逝

格子襯衫

天空泛白
想必是一個大晴天
眼睛都微微瞇著
啊　是陽光照耀
乘著時光之翅
追溯當時的笑容

如朝陽般的笑容
風景收納在這裡
歡樂的空氣凝結
笑顏隨烈日閃爍
風兒眷戀地在裙擺間流連

聲音逐漸退去
山脈靜寂
任記憶栽種

那石頭上的影子那裡去了
修剪成橢圓形狀的柏樹
如今長成甚麼樣子了
手裡緊緊握住的情誼呢
也隨著汗水風乾了嗎

啊　那件格子襯衫
還好我保有那件襯衫
你看
我在那裡
是我
是我站在那裡

名片簿

一

互不往來的左鄰右舍
一張張陌生的臉孔
我將你們放在坪數一致的隔間裡
我是房東

二

公寓般
各就各位
左鄰右舍
互不相識

你的職業
就是門牌號碼

家家戶戶
不懂守望相助

精美的印刷
商場上的戰利品

南征北討後
在此定居

幾番廝殺
安息於此

橡皮擦

我每天在錯誤中旅行
錯誤是我的方向
我往錯誤的方向走去
錯誤也是我的終點站
我看盡人世間的種種錯誤

有很小的錯誤
有無心的錯誤
有故意的錯誤
有可原諒的錯誤
有難以原諒的錯誤
也有美麗的錯誤

有人很少犯錯
有人知錯能改
有人一錯再錯

我每天在錯誤中旅行
我想著
錯誤是不是一種命運

稍偏柑仔

孩子啊
並不是每一顆橘子都有亮麗笑容
有一種受傷的
習慣性側身轉頭的
你看
他們表皮曬傷
好像一道傷疤

孩子啊
有圓圓笑臉的
我要帶出去
用他們的笑容代替我拙劣的口才
養家活口

但是
這些帶不出去的

總是偏頭害羞的
半邊果肉特別多汁甘甜

從小吃著稍偏橘子的孩子
長大後
擘開圓圓的金黃柑橘時
心裡卻開始思念
那些帶不出去的
酸又甜的滋味

第一雙鞋

小時候
母親幫我穿上第一雙鞋
踏過田埂
踩著山路
行過柏油路
也經過獨木橋
有平坦路也有泥濘路
就這樣
走過了長長的路
長長的日子

後來
我幫女兒穿上第一雙鞋
繫上鞋帶
握緊小手
心愛的寶貝啊

前面的路
有陽光溫暖
也有嚴酷風雨

無論如何
不要忘記我手裡緊握的溫度
在未來長長的路
長長的日子裡

看看從前

有沒有人跟我一樣
喜歡瀏覽從前的日記
一頁一頁的欣賞
記憶就亮晶晶的閃爍開來
感動如江河般簇擁著

日記裡
每個字句都承載重量
如同扛在雙肩的擔子
隨時光流轉
她們卻像洗手台上的肥皂
越來越單薄
越來越淡然
最後宛如水晶般的剔透瑩亮

我於是輕輕的一片一片拾起來
串成項鍊
掛在胸前

清晨的露珠

小時候
看見露珠
在院子裡的曬衣竿上
媽媽擦拭露珠晾上衣物
褪去亮亮的水珠之後
我們穿上乾淨的衣裳

小時候
看見淚珠
在媽媽的臉頰上
媽媽抹去眼淚換上堅強
擦去鹹鹹的淚水之後
我們漸漸長大

小時候　看見汗珠
在爸爸的額頭上

爸爸頭戴斗笠　汗流浹背
任憑汗水滲透衣裳
我們看見豐收

我常常在想
是不是所有的都要像這樣
總要失去一樣才能換到另一樣

買橘子

我必須承認
我有一種心理障礙
幽微而細膩
只有時間能突破

水果攤的橘子一粒一粒
好像一卷一卷滾動的畫
畫裡有爸爸挺直的背脊
汗水滲透的衣衫
低頭勞動的身影
長滿厚繭的手腳
跟大盤商人議價失敗的不甘心眉角
一幕一幕流動在眼前

市集早已散去
爸爸無奈的嘆息聲

還是清清楚楚
好像剛才的聲音

爸爸離開了
他的聲音
被我的心悄悄錄下
不經意的反覆播放

站在市場裡
看著金黃燦爛的橘子
陽光下
卻是看見下雨天

總有一盞燈

暮色降垂之際
一定有一盞燈
可能近在眼前
或許遠在天邊

總有一盞燈
點燃在心底
在眼中發亮光

一盞燈
一朵夢想
照亮一座希望森林

老人的眼淚

日頭西下的黃昏，
豔陽褪色成黯褐。
老人獨坐在暗昏，
光和臉同樣灰黃。

想起那一天的事情，
淚珠緩緩流下臉頰。
眼淚一顆顆滾下來，
好像夕陽掉落下來。

回憶的十種方式

如光，閃亮。
如影，搖晃。
如水，漂流。
如火，熾熱。
如冰，透徹。
如海，深沉。
如天，無邊。
如地，凝重。
如雷，鳴響。
如夢，待醒。

十一巷十一號

曾經這是通往未來的巷弄，
年輕的步履踩踏猶豫的陰影，層層疊疊。
時光匆匆，腳印淺薄。
以為日子就是這樣，如風。
也曾打定主意，從此依附在這裡。

出門，往熱鬧的方向走去。
回家，走入安靜巷內。
生活機能健全，應有盡有，
完美的生活就是這樣。

有一年我回來了。面對
緊緊關閉的落地窗，凝視久久。
好像把從前的日子，那一段在『大度山』的日子，
重新走一遍似的。

『大度山』的風，
飄飄蕩蕩，撩撥遊子的鄉愁。
十一巷十一號，
曾經，你是通往未來的巷弄。
此刻，你是拜訪從前的甬道，
淺淺足跡，深深烙印心底。

看世界

查理的辦公室

他們在槍聲中倒下時，
手裡都握有一支筆，
有黑色，有藍色，也有黃色，
後來全部變成紅色。

他們的桌上都有一杯茶或咖啡，
也有人喝白開水，但是比較少，
它們全部被打翻濺開，
桌面全濕，紙張也是。

他們在槍聲中倒下來的時候，
有的人張開口，有的人口緊閉，
也有人說話說到一半，聲音留在空氣中，
但是他們都已經嘗過自由的滋味。

他們倒下來的時候，有人握著筆，
也有人握著拳，但是沒有人有槍，
他們的胸膛有鮮血滲透，從襯衫中，
散開，是自由的圖形。

時間不夠，
下一張圖仍在構思中。
槍聲，
干擾靈感。

自由女神像

高高舉起的火把，
你在燃燒甚麼？
還有温度嗎？

光芒四射的冠冕，
你在照耀甚麼？
為什麼黯淡？

遙望遠方的眼睛，
你在期待什麼？
為什麼空洞？

緊緊閉著的嘴唇，
你想説甚麼？
為什麼沉默？

腳底打碎的鎖鍊，
你綑綁甚麼？
為何動彈不得？

甚麼都沒有了，
當作罰站好了，
立正！站好。

食譜

二茶匙的野心，
三百五十公克的貪心，
五百毫升的謠言。

六杯謊言，
八瓶血液，
幾輛坦克車的殘忍，
數架直昇機的愛國心。

調到爆炸的溫度，
等到聽見無助的尖叫聲，
以及死亡的哀嚎聲，
你將品嘗這道可口的美餚。

永遠不懂的事

這裡有一些人，
正在清理災後現場，
他們戴著口罩，
面色凝重數算屍體。

那裡有一些人，
備妥槍械彈藥，
戴著鋼盔，
企圖消滅一些人。

這裡有一群人，
緊皺眉頭，
在廢墟中攤開重建藍圖。

那裡有一群人，
野心勃勃，

從高空中展開摧毀行動。

他們的飛機同樣盤旋在上空，
他們的神情都很專注，
有一些人忙著救援，
有一些人忙著殺人，

有一些事我們永遠不會懂。

舊石器時代

石頭，
在久遠的角落，
觀看飢餓的人類，
啃噬溢出鮮血的肉。
飽漲的腸胃啊，
原來是你，
帶動了文明。

石頭，
在博物館的櫥窗內，
透視貪婪的人們，
爭奪大地的賞賜。
文明啊，
原來你是，
引爆戰爭的藉口。

大口嚼肉的主人啊，
你握著我切割血淋淋的肉塊，
我沉默忍受血腥，
安靜注視你，
從飢餓到飽足，
從飽足到貪婪。

我見過一場場的烽火，
經過一片片的血跡，
走過無數萬年的長途爬涉，
沿途風光是無止盡的重複。

如今，
我在這裡。
而我歷代的主人們，
你們在哪裡啊？

分享

詞對曲說，
感謝你讓我聽見自己的音符。
曲說，
是你讓我無言的情緒找到出口。

飛鳥對藍天說，
謝謝你給我這片無邊舞台。
藍天說，
是你點綴我這件單調披風。

大地對花說，
謝謝你的凋零。
花說，
是你讓我有所著落。

風對葉說，
謝謝你在乏味的旅程作伴。
葉說，
是你幫我吹走滿身塵埃。

走跟跑說，
你讓我見識速度。
跑說，
我學會你的從容。

美麗問歲月，
為甚麼竊走青春？
歲月說，
我只是一個勞碌的趕路者。

戰爭對和平說，
我喜歡你的虛假。
和平說，
是你給我機會。

弱對強呼求，快快救我。
強慢條斯理精算利益。

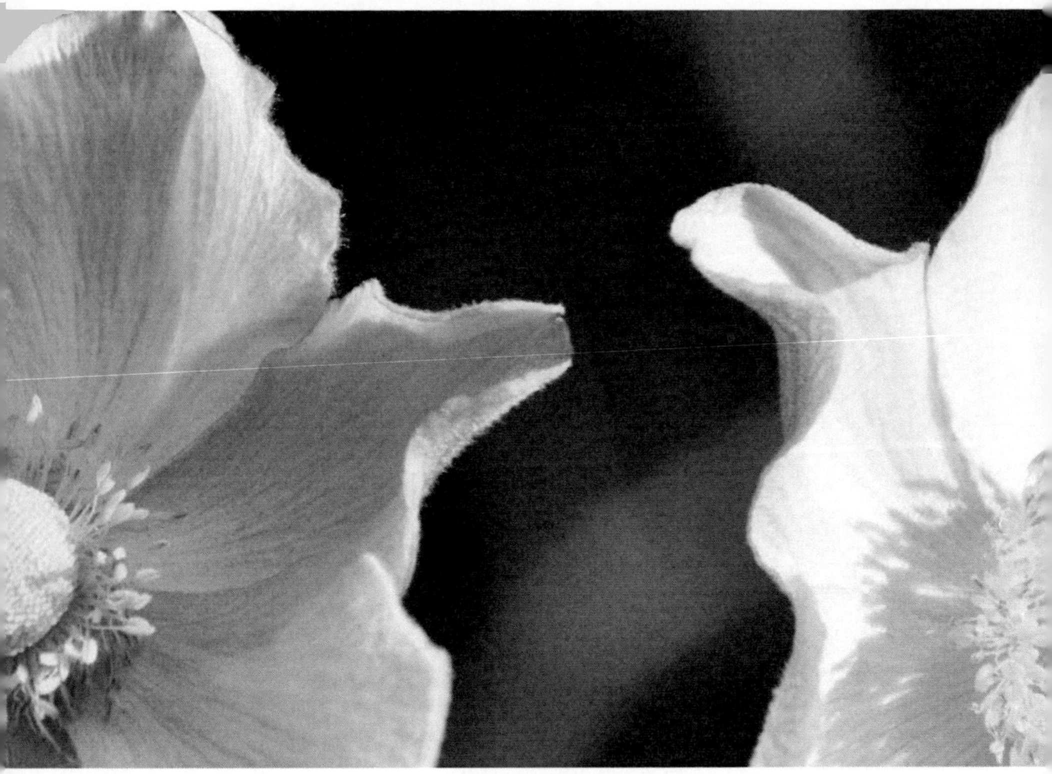

高難度色彩學

我以為人生最悲哀的，
莫過於言不由衷的度日。
時光之河的幾處段落，
地球儀上的某些角落，
有些人不得不如此。

他們謹言慎行，
隱藏自己。
否則將被連根拔除，
恐懼像風吹像日曬，
無所不在。

那是怎樣的時代啊！
言不由衷，
思想被鎖住。
文字扭曲良知——堂堂正正。

曲調唱歪自由——聲音宏亮。
言語穿戴階級的徽章——金光閃閃。
遠方的腳印踩住泥土，
泥土看輕自我的養份。

多麼幸運啊！
恐怖的時代已經遠離，
白色已然褪去，
而泥土，
尚未找到自己的顏色。

是否閃爍不停的霓虹燈過於絢爛？
看不清前面的那道彩虹，
只好隨著陽光的移動，
緩緩挪動身影，
泥土本色，有時深有時淺。

和平之鴿

如果偏見劃上界線
天空還想要超越甚麼
如果仇恨可以被摺疊
旗子不再吶喊失聲
百合花的香氣代替槍桿的煙硝味
妳是否願意回來

未完成的事

「給我窗口的座位好嗎？」
「今年夏天就畢業了。」
「我真的不是這個意思。」
「今天是他的生日。」
「你先幫我付清。」
「他太傻了。」
「希望四十二萬歐元可以成交。」
「期待星期六見面。」
「令人難以相信啊。」
「就這樣決定了。」
「我先去一下洗手間。」
「請給我中杯拿鐵。」
「因為路上塞車。」
「她在紐約了。」
「謝謝你。」

「我永遠不可能原諒他。」

「我愛你。」

P.S 恐怖分子攻擊布魯塞爾機場，爆炸之前的一些未完成的事。

一朵蓮花

暗綠色的睡袋圈起來
他端坐在中間
像一朵蓮花
盛開在城市的中心
落腳在銀行邊提款機附近
耳邊傳來刷刷刷的鈔票聲
提款的人表情都是一樣的謹慎

雨後的陽光出現
迎面照來有些適應不良
他半瞇著眼睛看見一點風景
一對情侶親密相擁走過
一個父親緊緊牽著兒子的小手
一群朋友大聲談笑
一位女士遞給他一個火腿三明治

滿臉鬍鬚的嘴角咬著三明治
搭配汗酸和尿騷
他低頭看看空盤子
等著銅板落下來
旅程漫漫
空洞的眼睛裡
閃現盼望的餘光

起霧的時候

忽冷忽熱時
鏡片就會模糊

呼一口氣
用布擦拭
重複幾次

這片人生
究竟看清了嗎

為藍天致歉

敘利亞的天空啊！
你怎麼可以這樣藍？
這裡已經變成廢墟了。

耳邊傳來小孩的哭號聲，
槍林彈雨中有人追殺，
還有更多人拚命在逃命。

全部都走了，好安靜。
煙硝味瀰漫於藍天之下，
死屍橫擺路面。

剩下的如果還活著，
他們的臉寫著憤怒，
眼珠裡閃爍恐懼，
顫抖的嘴唇裡，看見嗚咽。

敘利亞的藍天下，
那些還活著的人，
他們的心跳出現雜音，
是復仇的回音。

敘利亞的天空啊！
你怎麼可以這樣藍？
你應該哭泣吧。

羅得的妻子

你永遠不會知道，
當你回頭的那一剎那，
你將會成為一座永恆的雕像，
人們不斷回頭張望你。

你是擔心大門沒栓妥？
還是想著遺忘在角落的食物？
是風吹走了你珍愛的手帕？
或者只想確定心愛的人是否跟上？

你回頭張望。
眼底閃爍不捨，
髮絲揚起牽扯不清的記憶，
你因轉身寫下永遠的叛逆。

羅得之妻，請問大名？
很少有人知道你的名字。
人們不斷回頭看你的時候，
幾乎也要變成鹽柱了。

鬱。獄

聽說你的心
至今仍被仇恨霸佔
對於敵人
憤怒不平難以原諒

心中的劍
正義凜然金光閃閃
慈悲已被斬斷切碎
笑容充滿苦澀
行走似游蕩
唱歌是唉哼
呼吸像嘆氣

言語是矛
回答是盾
天空是網羅

空氣像利刃
鳥兒嘲弄
花香是侵犯
風在狂笑
太陽威嚇
月亮嫉妒
星星在偷窺

而你
你是一條小魚兒
無處可逃

從那裡到這裡

從那裡到這裡，
如此巨大的改變，
他一定遇見了甚麼。

從那裡到這裡，
多麼令人難以相信啊！
他一定聽見了甚麼。

從那裡到這裡，
是誰讓他相信了甚麼？
又讓他不相信了甚麼？

從那裡到這裡，
是怎樣的一條路啊。
或許有一些歧視，
心裡的刺逐漸成長。

或許經常有嘲弄，
所以眼睛裡有憤怒的光芒。
或許也有一些傷害，
身體某處留著膿血與傷疤。

或許有一些誤解，
所以舌頭拒絕溝通。
從那裡到這裡，
一定有一些甚麼和甚麼。

因此你遺失了天真的笑容，
你丟棄曾經有的溫柔有禮。
你任憑一顆温暖的心，
長成一把鋭利的刀。

賽馬

「衝吧！快！向前衝去！」
塵沙揚起來，觀眾雙手舉起來。
呼嘯歡呼聲，震耳。
當然也有伊呀嘆息聲，不爭氣的賭注。

騎師的眼睛，堅定像一座山。
他站在馬背，半蹲，以馬的姿態。
汗珠滴下，落在馬的頸部，那是冠冕。
長棍鞭打，傷痕與毛髮同色，烙印心底。

酒吧，客滿。
餐廳，需要先預定。
路邊的嘔吐物，小心。
傾倒歪斜的酒瓶，空的。

賽馬的城鎮，嘈雜。
商人的笑容，滿足。
遊客的腳步聲，匆忙。
馬的眼淚，沒人看見。

一枝筆

十五公分的高度，
經手掌間的調度，
藉由思想家的亮度，
或者野心者的力度，
文明因此傳承，
仇恨也是。

婀娜多姿的海洋

一直以來，
婀娜多姿的海洋，
撫平了多少不安的靈魂，
餵養無數的生命氣息。
海洋，
她靜默呈現天空的顏色。

後來，
兇猛惡浪如千軍萬馬奔騰，
大口吞噬哀嚎與驚恐，
攪翻平靜的地面，
將人們築起的成就剎那歸零。

海洋瞬間如鏡，
在擊碎的片斷裡，
映照了隱藏之面相，

激起的漣漪，
播開一圈又一圈的信號。

突然，
慈祥的海平線化為遠方的一對怒視雙眼，
海邊美色不再是漂浮於牆上的風景畫，
或者人們度假的目的地。

大海啊，
是一張試紙，
緊緊裹覆地球表面，
她試測人心，
顯明人性。

這時候

自傳

名叫時光的這個人，
在一個春光明媚的三月天裡，
緩緩步行於長滿青苔的石階上。
低頭觀看黃水仙搖曳生姿，
欣賞鮮豔鬱金香展現風采，
又瞇著眼睛看紫丁香的新鮮嫩芽。
微風吹起，
鬍鬚舞動，
他摸著頭呵呵大笑起來。

望著逐漸西落之太陽，
老人家隨手折下一段英挺松枝，
興起寫下自傳之想望。
以無邊的天際為稿紙，
海水為墨，
泥土為硯，

白雲為伴。
風稍來靈感，
陽光照耀，
青草地供應舒適，
樹來打氣。

他終於寫下了，
第一行的第一句的開端，
那是所有自傳的開始：出生年月日。
但是他不知該如何完成這一個第一句。
老人只記得那是一個渾沌的月份，
一個沒有顏色的日期，
如此而已，
一切已然模糊。

名叫時光的老人，
長長的嘆了一口氣放下松枝，
枯坐在階梯上打瞌睡。

生命之距離

從這裡到那裡
這是生命的距離
是一條隧道嗎
還是一面牆壁之隔
或者是相同的一個句點
。

回憶錄

難以忘懷從前那段歡樂的日子，
穿戴繁茂樹葉和風兒鳥兒大聲歌唱，
在夜裡和星星貓頭鷹玩捉迷藏。
春天裡和藍鈴草以及報春花暢談心事，
最喜歡聽她們在背後說野兔子的壞話。

從前的日子啊！
好像是一場從未醒來的夢，
我在夢裡微笑。

如今我在五味雜陳中度日，
高高疊起的甘願，
帶著苦笑的順服，
無怨無悔的供應，
安安靜靜的接納。

無可奈何的犧牲，
不被感恩的奉獻，
用力切割的疼痛，
大聲斬剁的驚嚇，
咬牙切齒的忍耐。

掌聲屬於美食，
笑聲屬於餐盤，
讚美屬於廚師，
飽足屬於食客。

身為砧板啊！
斑斑駁駁是我的表情，
傷痕是我唯一的語言。

幸福的饗宴

山啊，
請容我畫下你的綠，
謝謝你慷慨給予。

花啊，
謝謝你讓我描繪妳的美麗花瓣，
請原諒我窺視你那珍貴花蕊。

雲彩啊，
謝謝你任憑我追逐變化中的身影，
讓我捕捉了妳最迷人的姿態，
感謝妳的精采演出。

風啊，
請傳開我的歡樂吧，
宣揚這樣的快活。

快呀，
告訴那一些不知道的人，
關於身旁的幸福。

終於

最初，
我們忙著去記憶：
月亮、桂花、知更鳥、光合作用。

後來，
我們學著去忘記：
傷疤、心碎、羞辱、生離死別。

終於，
甚麼也不記得了：
最親的人、陌生的人、敵人或朋友。

以及，
所有的絕望與榮耀。

成人守則

那時候
平均身高一百二十公分
體重二十公斤
大家都說心裡的話
誠實的高度超過一百二十公分
熱情的重量多於二十公斤

小小的人兒
有時哭有時鬧常常吵架
臉頰上有笑容有眼淚也有鼻涕
每一個人
都有最好的朋友
以及最討厭的人

長大後
高度以收入計算

重量以社會地位評估
每一張臉
堆滿笑容
大家都是好朋友

長大的人
言語閃避沒有重點
只說閒話不論是非
無關緊要等於快樂
避開疼痛保衛自己
長大後的守則

未來

白色的社區活動中心，
有藍藍的天空緊緊包圍，
斜斜的屋頂，
寬敞明亮的空間，
還有兩個入口。

星期二下午四點整，
強烈日光下，
有一群學生瞇著眼睛走過來。
右邊入口的上數學課，
左邊入口的上功夫課。

手錶時針走到五的時候，
右邊的學生帶著數學作業安靜走出來，
左邊的學生全身流汗邊走邊跳出來。

社區的活動中心外面，
有幾棵大樹，
還有一座停車場。

我坐在車內想著，
十年之後，
這些孩子的入口及出口。

等待

至於花瓣
泥土是終點

至於星辰
夢是終點

至於河流
遠方是終點

至於聲音
聆聽是終點

至於愛
心是終點

至於我
你是

鐵路

寒風中，
保持距離，
永遠相望，
彼此想望的
兩條軌道。

孤單的
同時看著遠方，
以為
前面會有交集的可能。

越走越遠，
越走越遠，
才知道
永遠是兩條平行的線。

回頭張望是這樣，
向前走去也一樣，
直直的路，
孤單的路。

愛爾蘭奶酒

加溫後的酒，
剛好是寫詩的溫度。
快快
寫下一些乳白色詩句，
趕在降溫之前。

寫詩之後，
剩下的餘溫，
適合做夢。

夢樣般的甜酒，
以溫醇奶香，
包容
威士忌的烈。

趁褪色之前，
飲盡這一杯，
來自愛爾蘭的濃郁。
以及
一望無際的綠草如茵。

釀酒

封住的瓶瓶罐罐，
醞釀希望與期待。

新鮮的水果，
與
甜蜜的糖
相遇。
再
細心的
交給時間。

就像所有的其他事情一樣，
需要等候歲月來證明。

如果風是時光的使者

如果風是時光的使者，
我必定是那勤勞的宮女，
按著日昇日落，
仔細擦拭時間。

如果河流是時光的鬧鐘，
我必定是那矯健的侍衛，
全副武裝，
等候死亡的聲響。

如果雨是時光的漏斗，
我必定是那匆忙的趕路者，
準時赴約，
奔向那未知的明日。

如果月光是時光的照明，
我必定是那積極尋求的人，
滿心渴慕，
等候曙光。

如果綠葉是時光的信差，
我必定是那明信片，
紛飛的，
捎來昔日的記憶。

如果回憶是時光的見證，
我必定是那握筆的人，
在狂風中，
書寫詩篇。

收藏

翻閱日記，
盤點從前，
丈量腳蹤，
逐漸明朗，
光陰投射富庶的身影。

時間是一張張即期的支票，
按時兑現努力與失去。
生活是冷暖季節的更換，
歲月是專注的觀眾，
觀看生命上演的每一齣戲。

日記簿好像存款簿，
儲存感動，
衍生智慧，
記憶是銀行。

皺紋

像是
樹木的年輪
歲月的痕跡

歷經歡笑愁苦淚痕後
你悄悄駐足在此
像蠶
吐絲成繭
包裹自己
隱藏起來
蛻變成飛蛾

一輩子的路徑
你用逐漸的紋理來訴說
有直
有橫
有斜
有深
有淺
你在這塊精緻的畫布上盡情雕刻
關於這趟旅程的艱辛與疲憊

瑪麗蓮夢露

被風兒撩起來的裙擺
把這一代下一代以及再下一代
所有時代的目光凝固

妳眼睛和嘴角的嫵媚
把你們的他們的和我們的
所有人們的想望張貼起來

大家都在消費妳的表情
對妳而言
死亡是宣傳手段
免付費的廣告

是不是這樣
所以
妳揚起的笑容裡出現得意的線條

翹翹板

永遠拿捏不定，
關於著地的重量，
以及離地的高度。
所以就讓歡笑聲，
平衡翹翹板的高和低。

人生也是像這樣。

寫日常

新鄰居搬來了

一台貨櫃車十五公尺，剛好是一個家庭的長度。
二個工人身體健壯，足以擔負這些重量。
三輛越野腳踏車，幸福繼續旋轉。
四張床——二張雙人二張單人，符合睡眠容量。
五個人——二個大人忙碌張羅，三個小孩玩鬧嬉戲。
六人座白色沙發，溫柔而舒適。
七人座休旅車風塵僕僕，分擔雜物。
八人座餐桌，桌布典雅，等待食物上桌。
九個紙箱，膠帶緊緊封住。
家具等待歸位，記憶也要安頓。
等貨櫃車慢慢倒車，離開之後。

五線譜

不多不少，
五條平行線架構起來的世界，
剛剛好，
動聽。

分類廣告

世人總是看重一本書的份量，
反而輕忽我一生的傳奇。
簡短字句足以滿足您及時的想望。

剛出生的拉不拉多犬，
品種優良連續五年冠軍犬之子是您家族的驕傲。
比薩外送，在您飢餓昏倒前送達，而且絕不傾斜。
居家幫手，換窗簾修籬笆煮晚餐倒垃圾，一通電話到府服務，
沒有微不足道的事。寂寞男子尋找寂寞女子，保證從此不寂寞。
棕色沙發，年齡九歲，柔軟舒適，飯後可以照常打瞌睡，頻頻點頭。
中古電視，價格合理，看到的新聞保證是第一手的全新新聞。

助聽器，協助您聽懂八卦和真理。
葬儀社，口碑佳從未聽見顧客直接的抱怨。
中古導航系統，記憶猶新，方向感優。
幸福洗衣機，洗出整齊衣物，生活無皺摺。

魔術枕頭，戰勝噩夢，睡個好覺。
好鞋店，穿上她高人一等，步步高升。

美麗面霜，絕對遮住你的整張臉，包括笑容和愁容。
神奇唇膏，塗上她，立刻說出甜言蜜語，增進人際關係。
長青攝影，高科技修容，保證沒人認得出誰是誰。
腳踏車，打敗高油價時代，助您財務順利運轉。
情趣用品，根據調查使用後平均婚姻壽命延長五年半。
天才數學教室，保證小孩牢記每次玩樂的聚會時間，一次也不會錯過。

卡夫卡說

卡夫卡說，
洞穴之所以可貴，
在於它的安靜。

我說，
黑暗之所以珍貴，
在於她的沉默。
寂寞之所以自由，
在於她的孤獨。
疾病之所以無情，
在於她的失去。
愛情之所以疼痛，
在於她的等候。

你的夢啊！
總在黎明乘著羽翼飛去
為了再次擁抱夜晚的降臨。

旋轉的生命

旋轉，旋轉，旋轉，
永無止境的旋轉再旋轉。
這是我的宿命。

日子在拉拉扯扯中度過，
繁複的三角關係，
說也說不清，看也看不明白。
空蕩蕩的心永遠懸在半空中，
任憑擺佈。

拋得越高，掌聲越響亮。
危險越多，呼聲越高亢。
緊張拉住，興奮於是高達雲霄，
我早已看透群眾的嗞血與無情。

雖然羨慕平穩的生活，
卻是無可避免的拋頭露臉，
我踩在一條扯不清楚的路線上。

唉，

這就是身為扯鈴的命運吧。

等待確認的數據

人類說話的時間是唱歌時間的二十五倍。
五年內被人類不小心吃掉的螞蟻一共載滿一輛公車。
知更鳥從倫敦飛到羅馬時老鷹已經飛到曼谷。
一天裡以各種語言或說或唱我愛你的次數是二十億次。
哭的眼淚比笑的眼淚多了十七倍。
被煮的食物是被吃的食物的六倍。
全世界人類砍樹的時間是剪頭髮時間的兩倍。
夫妻談心的時間跟吵架的時間一樣多。
說謊的人比不說謊的人多了九倍，其中只有百分之一的人因為說謊而自責。
全世界勤勞的人跟懶惰的人差不多，只有多出一個人。
想幫助人的人跟想傷害人的人一樣多。
另外有一個重要的發現是——
人類想像力的空間等於地球到冥王星來回繞行二十三次。

進化論

安逸像毒品，
長期服用，
養成一身閒散。

權力似酒精，
細細品嘗，
傲慢也就發作。

自由等同興奮劑，
日積月累，
產生貪婪。

幸福如白開水，
透明無味道，
讓人忽視。

夢想啊，
因為過於遙遠，
你也就無可救藥地上癮了。

憤怒頌

生氣蓬勃的春日，
微風飄送驚奇，
生命力旺盛的小種子。，
乘著挑釁的翅膀而來，
彈奏羞辱的宏偉進行曲，
弄翻彼此尊重的天秤，
掀開和諧的面紗。

扯破驕傲的臉孔，
扭轉吵鬧的立體音響，
憤怒之門大開，
高喊歡迎光臨，
展現非文明風範。

塞車手冊

綁緊等待的安全帶，
坐在焦急的椅子上。
握緊耐心的方向盤，
瞄到鄰車司機的呆滯眼神。

望著天空流動的閒雲，
聽聽故作輕鬆的音樂，
嚼嚼無言的口香糖。
大罵後面來車的喇叭聲，
偶爾聽到幾句三字經。

度量衡

一支鉛筆的實際長度大約是五仟字。
六張Ａ４的人物畫，
三張Ａ３的橡樹寫生畫。
二十封情書，
五十張生日卡片。

一支鉛筆的實際長度，
大約是從孤單到幸福的距離。

鏡

注視之外，
無能為力，
呈現即是勇氣，
何必計較。

左右可以相反，
是非請勿顛倒。
形影全然對照，
臉部經常僵硬，
線條可以折射再折射，
真理只有一處。

對照的空間裡，
你是一個共犯。
被銬住的步伐，
無處可去四處碰壁。

可憐的鏡，
亮晶晶的眼裡，
看見的總是刻意擺設的表情。

想開吧，
看見自己時，
有誰會不在乎呢？

鏡子啊，
你不也是這樣？

偽鈔

我的出身背景，
讓我感到羞愧，
然這非我所能決定。

我短暫徘迴在各式各樣皮包裡，
在人們的指間跳躍著。
有：
老人、
小孩、
男人、
女人、
有錢人、
貧窮人。

一手交錢　一手交貨，
我跟各種商品擦身而過。

有：
食品、
玩具、
文具、
化妝品、
昂貴的奢侈品、
便宜的必需品。

我羞澀的隱藏真面目，
每天膽顫心驚過日子。
我躺在人們的手掌中，
感受不同的溫度，
經歷不同的表情與心情。

我這出身卑微的偽鈔啊，
竟也是人類道德標準的溫度計。

車站和眼睛

車站是世界的縮影，
你站在車站中看到形形色色的世界。
眼睛是這個世界的窗口，
你透過每個人的眼神閱讀他們的世界。

我今天在英國瑞汀的火車站，
看著來來往往的旅客，
我觀察他們的眼睛，
彷彿進入到他們的世界。
每個人的眼神都不一樣，
卻又是那麼類似。

有年輕人眉飛色舞電話聊天的愉快眼神，
有上班族忙碌一天之後疲憊的眼神，
有情侶間甜蜜相視的眼神，
有生意人談生意時篤定的眼神，

有朋友間交談時真摯的眼神。

有尋找車班的匆忙眼神，
有期待的眼神，
有老人平靜的眼神，
有冷漠的眼神，
有友善的眼神，
有憤世的眼神，
有戴著黑黑的墨鏡讓人看不到的眼神，
好像拉起厚厚的窗簾布。

我同時看到一位猛抽煙的男子的眼神，
他定睛注視某處，
我循著他的眼光望去，
原來他正看著一位跑步的女士扭動的屁股。

車站是一個世界的縮影，
我在車站中透過各樣的眼神看到世界。
我看過眾多的眼睛，
最喜歡的是嬰兒和動物的眼睛，
那是一種純真乾淨的眼神，
也是最動人的眼睛。

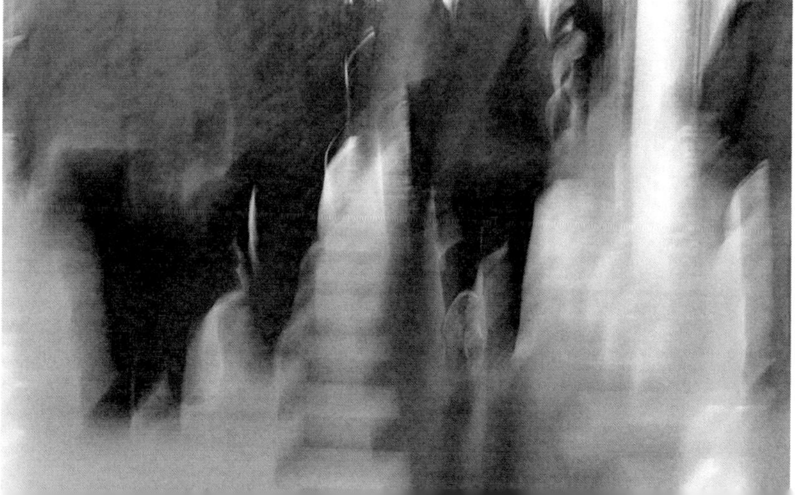

我喜歡

我喜歡濃郁的咖啡也喜歡白開水的恬淡。
我喜歡早晨的微光也喜歡漆黑的深夜。
我喜歡小狗也喜歡獨處。
我喜歡古典音樂也愛聽流行歌曲。

我喜歡看書也喜歡發呆。
我喜歡思考也愛聽八卦。
我喜歡春天的新芽也喜歡秋天的枯葉。
我喜歡看遠方的天空也喜歡看眼前蜘蛛網。

我喜歡嬰兒的眼睛也喜歡老人的皺紋。
我喜歡開懷大笑聲也喜歡真情的淚珠。
我喜歡流暢的鋼筆也喜歡粗糙的鉛筆。
我喜歡花朵的嬌美也喜歡樹幹的斑駁。

我喜歡沙灘上的奔跑也喜歡勞動的汗珠。
我喜歡火車的準時也喜歡突來的驚喜。
我喜歡聽鳥兒歌唱也願意聽朋友訴苦。
我討厭考試的緊張但是喜愛打開成績單時的興奮。
我喜歡分享但有時無言。

心事

沒有聲音的重量，
卻有滿心的身高。
靜默的旅程，
有清亮的音符四處跳躍。

只是一陣輕風吹過，
你卻驚慌的，
像含羞草那樣，
收藏起來。

遠看，
近看，
都像是緊緊閉起來的唇。

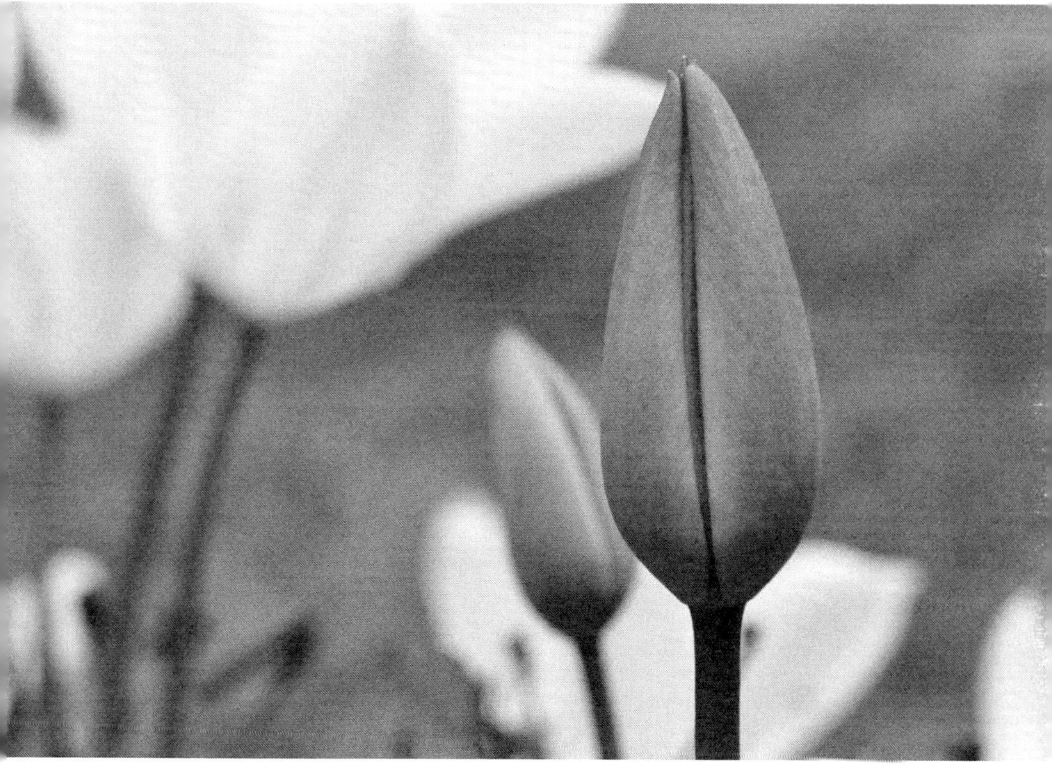

療傷痛

細細的一根針，
穿越毛細孔尋找疼痛的發源地，
尋尋覓覓，
重逢在神祕的穴位裡。
驅逐疏散制伏，
嘗盡痠麻腫脹的滋味，
疼痛終於不再囂張。

牆壁上的時鐘啊，
你也有小小的針，
滴滴答答不停的行走。
莫非你也在尋找什麼？

人生汪洋中，
你穿越繁複歲月，
觸摸種種溫度，

看盡人間滋味，
你總是如此精準，
直直刺入人們心裡的痛處。

信心商學院

請勿阻止他，
他正行走在光明大道上，
無須規勸，
他不相信永遠的輸
這絕非病態，
你看他精神飽滿神采奕奕。

身為賭徒，
他已經練就無懼失敗，
縱使一輸再輸，
也是愈戰愈勇。

他來自信心商學院，
懂得降低恐懼成本，
提高上癮利潤。
有不甘心的熱誠，

不服輸的毅力，
是慾望的贏家。

家庭是信心的絆腳石，
房子只有成為賭本才具意義。
職業是障礙，
關於朋友，
他只選擇志同道合的。

在信心商學院裡，
他是一位傑出校友。
居住在信心的牢籠裡，
深深相信，
深深相信，
有一天總有一天，
他要把所有失去的，
全部贏回來。

鳳梨酥

恰如其分的，
酸度與甜度。
輸入的滋味，
難以刪除。

淡黃色的記憶，
草地上的冠冕。

水泥磚

四四方方，
一塊接一塊，
緊緊相擁。

傍晚的路燈，
將行人疲憊的心，
鑲在彼此的隙縫裡。

四四方方，
一塊接著一塊，
緊緊銜接。

看不見，
但是聽到了。

心痛

越來越懂得與痛相處，
年輕時還不懂。
如今，
對於疼痛的表達越來越沉默。

嬰兒遇到痛立刻放聲大哭，
幼童碰到她大喊哭鬧。
長大之後開始認識忍耐，
年老時與痛和平共處。

老人家緊緊閉著的唇，
一句痛也不哼的，
全部吞進心裡面，
讓人看了心很痛。

書房裡的八點檔

電腦螢幕：我已經融化在你目不轉睛的雙眼裡，無法自拔。
橡皮擦：錯誤是我的命運，我往錯誤走去，身不由己。
直尺：我的生活缺乏彈性，毫無自由。
字典：我痛恨你懷疑的眼神。
日記：我背負著你的重擔啊。
立可白：有我在請放心。
打孔機：我的生活空洞，好空虛。
釘書機：你真以為我喜歡嘮叨嗎？
削鉛筆機：我的日子忙得昏頭轉向，你沒看見嗎？
電算機：你，只要你說出一個數目字。
時鐘：我分分秒秒想著妳。
文字：如果沒有你，我的生命將是一片空白。
名片：常常來看我好嗎？
碎紙機：我，守口如瓶。
垃圾桶：你的心裡有我嗎？
證書：我的心充滿感激。
眼鏡：我準時收看八點檔。

回家的路上

回家的路上
遇見了
一陣風
幾片烏雲
幾滴雨
一隻喜鵲
二隻鴿子
快跑的松鼠
鄰居的貓
滿地的落葉

你們也在回家的路上嗎

天空下

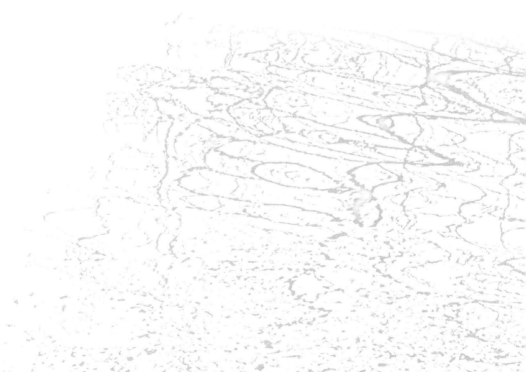

妳的名字

十公分的細枝桿，
二公分的小花，
綠色的舞蹈，
白色的歌聲，
透明的拍子，
冬天的微笑。

雪花蓮啊，
妳的名字是感動。

青音樂

成長中的櫻桃，她們
每天都不一樣。
今天，好像音符。
排列在枝頭，跳動。

聽見了嗎？
清脆而新鮮，
好難得的樂音。

青音樂。

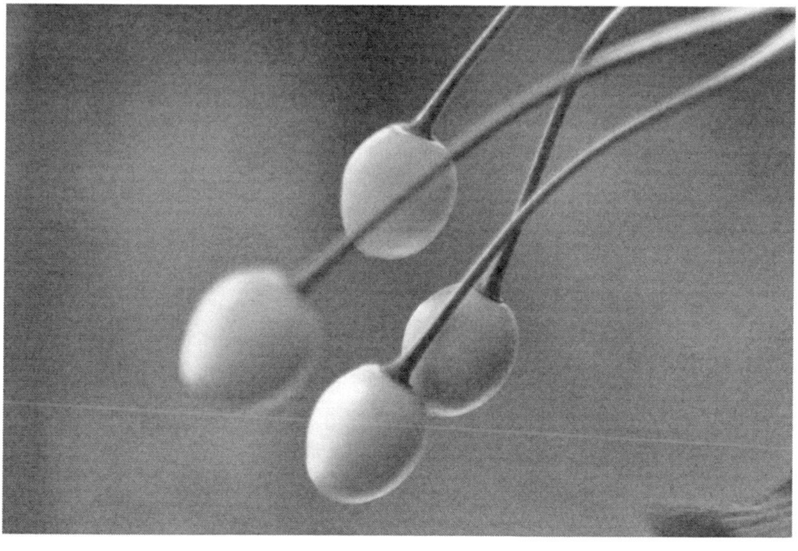

樹的心事

她們
以斑駁紋理印刻人生，
輕擺
綠葉誘以行人注意。
卻將
心事全部捲起來，
收藏
在年輪裡。

答案

是蝴蝶模仿花朵，
還是花兒學習了蝴蝶？

是蚱蜢學會草地的綠，
還是草原的綠感染了蚱蜢？

是時代浪潮推著我們向前走呢，
還是我們手忙腳亂地旋轉時代的輪子？

是我們閱讀詩，
還是被詩讀懂了自己？

聽見音樂了嗎，
還是被記憶之網捕捉？

冬天的對角線

斜斜的屋頂，
是喜鵲的山丘。
她俯首尋覓，
再以跳躍之姿，
畫上冬天的對角線。
冬日已近。

著色遊戲

塗上厚厚的陽光，
卻呈透明狀態。
陽光緊密覆蓋綠葉，
葉子卻顯得輕盈。

親愛的，
這猜不透的道理，
好像愛情。

午休時間

天氣清朗，藍天如鏡面。
初夏之影，逐漸顯明。
這裡有一隻涉世未深的鴿
——她象徵和平。

在蘋果樹蔭下，葉影抖擻中，
她低頭流連，恍惚於
樹影與草影之錯落交談。
她步履輕快如舞蹈，
低吟吱喳音節。

舞步與歌聲嘎然中止於貓之腳印。
爪影飛撲而來，如葉影晃動，
擾亂和平之鴿的午后閒踱。

飽餐之後，
神采奕奕的貓兒，
悠然濶步於綠草地。
心情非常愉悅高聲大叫喵喵喵，
加入了樹影與草影的閒聊。

遺忘

畫眉鳥在紅玫瑰的藤枝上清唱，
麻雀在午后的屋簷間吱喳跳躍，
喜鵲在日落的松樹枝上玩耍嬉戲，
橡樹與北風整日的摩娑細語。

視網膜早已習慣被捕捉的人們，
一定是忘記了，
天空裡傳來的那些微小聲音，
遠比都市叢林裡的競技爭奪，
含有更多的營養分。

否則，
他們怎麼會那麼情願地，
把自己的眼睛鎖在那些四方形裡呢。
舒適豪華的大住宅，
氣派昂貴的進口轎車，

超大型的電視螢幕，
最新型的電腦，
豐厚的鈔票，
以及，
各式各樣的證書與合約。

聲音

春天執意把聲音栽種在泥裡，
任憑微風翩然起舞，
在報春花遍佈山谷的回音中，
彈奏春天新曲調。

音樂把歌聲畫在彩虹裡，
畫眉鳥在枝枒間跳躍，
陽光暖暖鋪曬，
一生的承諾永遠閃閃發亮。

汪洋把感動託付浪花，
在月光的指引下，
一次又一次地，
傳遞大海最深切的溫柔。

總是有些聲音啊，
安靜的令人低迴，
低沉的叫人心醉，
遙遠卻讓人動容。

你那心的琴弦啊，
是否不經意地撥弄著一些關於遠方的音調，
在報春花遍爬山谷的時節裡。

向光之旅

這趟旅程，
選擇在盛夏出發。
在寧靜燦然的陽光下，
無聲無息地進行。
是草本植物的枝桿過於單薄，
還是繁茂綠葉顯得多事沉重？

值花季末期，
牡丹花層層的花瓣間，
遍尋不到富貴的氣息。
駐足在寸土之上，
花朵的一生，
總是探向遠方耀眼的陽光。

但有誰會去理解，
究竟是看穿黑暗盡頭，

堅持迎向亮光的執著？
還是空洞無望的等待後，
所形成的一種傷嘆姿態？

老鷹之歌

請不要以為我喜歡高高在上，
我只是欠缺在低處盤旋的力道。

我如鷹的腳像鎖鍊，
我如鷹的翅綁住了我的膀。
我如鷹的眼只夠讓我望向遠方，
我如鉤的鼻疏遠了距離。

我無奈向上衝飛，
獨自在高空中翺翔。
我在大太陽下袒露，
只是想展示我的身段。
多麼想讓全世界看清楚，
看懂我的軟弱

但是，
顯然大家都誤會了。

地球核心

你一定是最沉重的人。
承載祕密，燃燒熱情。
掩蓋罪惡，深埋冤仇。
種植情愛，培養怨氣。

無所不能卻隱藏真實面目。
你把自己放在不見天日的洞穴裡，
享受絕對的安靜，
卻把暴怒的宏亮回音迅速傳遞。

在我們明亮世界裡，
究竟該訴說你的偉大，
或者看輕你的自私。

潘比橋

過了潘比橋（Pembridge），
抬頭仰望就是威爾斯的天空了。
這可愛的小鎮，
中古世紀的年紀。
歪斜的建築物，
黑白交錯的語言，
小心翼翼地訴說沒落的故事。
聲音細微像嘆氣，
又好像是哭泣。

鄉村酒館主人豪邁的談笑聲，
以為這樣就可叫人忘記，
這座逐漸完成的衰敗史。

在海邊

如今他們就是這個樣子了，
全部靜靜地躺在懷特島的海灘上。

或許曾經短暫停留在威爾斯海邊，
頑皮的孩童拾起擲向地平線。
或者曾經碎裂於蘇格蘭北海岸的一個暴風夜裡，
啊！那驚心動魄的一擊。

也見識過南洋的大海嘯，
猛烈浪濤裡的淒厲哀號聲由近而遠。
或許閱歷過鵝鑾鼻的亞熱帶風情，
悄然注視了椰樹下的那次笑容，
啊！那對深情的眼睛。

他們在各自的風吹日曬下，
展現不同的色澤與亮度。

日與夜的海浪擊打之後，
造就不同的形狀與角度。
歷經遙遠的長途跋涉，
形成了眼前的大小石子。

海邊之石啊！
在狂風與浪花的滔滔對話裡，
你竟然啞口無言，
任憑各樣氣息在你身上繼續侵蝕。

報春花

暖暖的三月裡，
她綻放出如陽光般燦爛的笑容，
有淡黃　淺紫　粉紅　還有白色的，
Primrose，她中文名字是報春花。

歡樂的笑聲綿延整片草地，
清亮的聲音迴響在山谷之中，
交頭接耳的，
迅速傳開春天的訊息。

聽說，
這場歡樂的饗宴，
始於貪吃的野兔，
飽餐之後遺留的殘渣。

如果我跳躍的身影，
已經帶給孩子們歡樂，
你是否可以原諒我，
飢餓時挖食了你所栽種的草莓。

如果你已經聽見了報春花
傳講的春天訊息，
是否也原諒我，
在冬季裡啃食了你心愛的黃水仙。

我
一隻在草地裡奔馳的野兔，
在我無疆界的住宅裡，
經常隔牆聽到你的怨聲連連，
說我是頑皮又貪吃的野兔子。

報春花啊，
當妳
播放春天的消息時，
是否
也順便幫我致上深深的歉意。
粉紅色的花瓣啊，
請妳代表我羞赧的笑容吧。

藤

義無反顧的攀附爬升，
只為尋得一處好位置。

努力的昂首，
尋找天空的方向，
為要擺脱容易被人踐踏的地面。

花園的主人啊，
請原諒我，
無心的纏累著，
你珍愛的嬌貴花朵。

頑固的伸展是我的宿命。

樹

豔陽天，你
抬頭望著大樹濃密的枝葉，
讚美綠意，
享受濃蔭。

我
低頭凝視樹幹底部，
在泥土與陽光交界之處，
奮力掙脫拉拔。

不知怎麼的，
我的心，
也跟著隱隱作痛起來。

結松果

蒼老的松樹，
以季節結松果，
一片一片累積旅途艱辛，
高掛在樹梢，
接受人們指指點點。

女人，
用歲月累積怨氣，
埋在心底深處，
多年後化作一道道哀怨的眼神，
牢掛在嘮叨的嘴邊，
收集世人同情的眼光。

沉甸甸的怨氣啊，
季節過了，
時候到了，

是不是如同堅硬的毬果一般，
摔落在泥地裡，
一片一片散開來。

孤單的魔術師

眾目睽睽之下，
你
從容的把醜醜的種籽，
變成燦爛的花朵。

趁觀眾稍不留意，
又將乾枯的枝枒，
悄悄塗上淡綠的嫩芽，
連畫筆都隱藏的毫無破綻。

一轉身，
一粒粒果實跳躍出來。
一片片綠葉染成絢爛的褐黃顏色，
你賣力演出，
全年無休。

不分淡季與旺季，
不分春夏或秋冬，
不分黑夜及白晝，
一齣齣的戲碼之後，
難得聽到觀眾的喝采與掌聲。

泥土啊，
你是我看過，
最孤單的魔術師。

轉變

迎面吹來的風呵，
你跋涉了怎樣的坎坷路，
逐漸金黃的秋葉，
妳驚惶面對多少夜裡的雷雨交加。

轉為花白的髮絲，
你悄然栽種多少擔憂與焦慮。
撫平不去的皺紋，
又是接納了多麼深刻的淚痕。

怒吼的聲音啊，
你曾經隱藏多少的靜默，
眼角的淚珠裡，
妳曾經包紮多少的心碎。

鑲在石版上的化石啊，
你究竟凝視過多少次的饑荒，
而汩汩流出的溫泉，
又曾經擁抱了多少次的熾熱。

於是，
除了看見的表面之外，
我渴望探索，
關於那些不被看見的，
深埋於地層，
岩漿般的波濤洶湧，
無所畏懼。

風信子

摺疊距離成思念的形狀，
孤孤單單，
整整齊齊，
安頓在那個角落？

悄悄鑲在風信子的花瓣裡，
一片一片清亮如鈴鐺。

春風輕拂，
思念像海水翻湧，
雲彩掠過時，
想念的風景閃現。

固執的人啊，
總是忙著摺疊距離，
在風信子開花的季節裡。

信任

失去信任，
是不是等於失去安全感？
對於厚實的大地失去信任，
將會如何？

一場天搖地動之後，
一切重新定位。
可憐的老農，
一顆恐慌搖晃的心，
至今無法尋到著力點。

曾經是最溫柔親密的，
他一生赤足踩踏的泥土地，
在那個秋夜裡，
竟然如此忿怒，
如此殘酷。

從此以後的夜晚，
老農不再躺臥床鋪，
他選擇睡在地面之上。
他只想要，
緊緊實實的靠近大地，
像哺乳中的嬰孩，
緊緊抓住母親的衣角。

他多麼害怕啊，
全心全意信任的土壤再度背叛他。

關於方向

依賴著你
腳步走到明天和後天
以及未來
偶而也走到昨日
在記憶裡

早上的影子在前面抬頭挺胸
中午影子想休息
下午以後影子小心跟在後面

我們帶著影子出發
東邊有一些希望
西部隱藏危險
南方自由
往北有朋友

有時難以抉擇
有時無從選擇
關於路
關於方向

打開雨傘

今天
雨跟我吐露心事
他說
人們看見我就說壞天氣
說著說著眼淚直直流下來

我安慰他
人們的話不一定要相信啊
他擦乾眼淚轉向太陽說
你別以為你出來時
就是好天氣

太陽睜大眼睛瞪著我
說我挑撥離間
我趕快打開傘
擋住雨遮掉太陽
躲開人們的閒言閒語

頑皮的風

風來了
我拿出相機幫他拍照
他動來動去
我說站好來笑一個
他呵呵大笑跑掉

風躲在花瓣裡
花笑彎了腰
風掀起了女孩的裙擺
女孩尖叫
風頑皮的溜走了

冰雹

抵達之前
你忙碌穿梭於雲層之間
尋尋覓覓好像迷路

看見你之前
你衝衝撞撞於氣流中
忽上忽下無所適從

在相遇之前
我們在各自的世界裡
磨練成淚珠的樣子

大地之尺

我是大地的直尺，
丈量歲月。

我是季節的網，
想留住風。

我是時光之筆，
彩繪四季。

語言文學類　PG1859　秀詩人22

故鄉的溪流
——張玉芸詩集

作　　者 / 張玉芸
攝　　影 / 張玉芸
責任編輯 / 徐佑驊
圖文排版 / 楊家齊
封面設計 / 葉力安

發 行 人 / 宋政坤
法律顧問 / 毛國樑　律師
出版發行 / 秀威資訊科技股份有限公司
114台北市內湖區瑞光路76巷65號1樓
電話：+886-2-2796-3638　傳真：+886-2-2796-1377
http://www.showwe.com.tw
劃撥帳號 / 19563868　戶名：秀威資訊科技股份有限公司
讀者服務信箱：service@showwe.com.tw
展售門市 / 國家書店（松江門市）
104台北市中山區松江路209號1樓
電話：+886-2-2518-0207　傳真：+886-2-2518-0778
網路訂購 / 秀威網路書店：http://store.showwe.tw
國家網路書店：http://www.govbooks.com.tw

2018年1月　BOD一版
定價：250元

國家圖書館出版品預行編目

故鄉的溪流：張玉芸詩集 / 張玉芸作. -- 一版. --
臺北市 : 秀威資訊科技, 2018.01
面；　公分. -- (語言文學類 ; PG1859)(秀詩人 ; 22)
BOD版
ISBN 978-986-326-517-7(平裝)

851.486　　106023538

讀者回函卡

感謝您購買本書，為提升服務品質，請填妥以下資料，將讀者回函卡直接寄回或傳真本公司，收到您的寶貴意見後，我們會收藏記錄及檢討，謝謝！

如您需要了解本公司最新出版書目、購書優惠或企劃活動，歡迎您上網查詢或下載相關資料：http:// www.showwe.com.tw

您購買的書名：＿＿＿＿＿＿＿＿＿＿＿＿＿＿＿＿＿＿＿＿

出生日期：＿＿＿＿年＿＿＿＿月＿＿＿＿日

學歷：□高中（含）以下　□大專　□研究所（含）以上

職業：□製造業　□金融業　□資訊業　□軍警　□傳播業　□自由業

□服務業　□公務員　□教職　□學生　□家管　□其它＿＿＿

購書地點：□網路書店　□實體書店　□書展　□郵購　□贈閱　□其他

您從何得知本書的消息？

□網路書店　□實體書店　□網路搜尋　□電子報　□書訊　□雜誌

□傳播媒體　□親友推薦　□網站推薦　□部落格　□其他＿＿＿＿＿

您對本書的評價：（請填代號　1.非常滿意　2.滿意　3.尚可　4.再改進）

封面設計＿＿　版面編排＿＿　內容＿＿　文／譯筆＿＿　價格＿＿

讀完書後您覺得：

□很有收穫　□有收穫　□收穫不多　□沒收穫

對我們的建議：＿＿＿＿＿＿＿＿＿＿＿＿＿＿＿＿＿＿＿＿

請貼
郵票

11466
台北市內湖區瑞光路 76 巷 65 號 1 樓
秀威資訊科技股份有限公司 收
BOD 數位出版事業部

（請沿線對折寄回，謝謝！）

姓　　名：＿＿＿＿＿＿＿＿　年齡：＿＿＿＿　性別：□女　□男

郵遞區號：□□□□□

地　　址：＿＿＿＿＿＿＿＿＿＿＿＿＿＿＿＿

聯絡電話：(日)＿＿＿＿＿＿＿＿ (夜)＿＿＿＿＿＿＿＿

E-mail：＿＿＿＿＿＿＿＿＿＿＿＿＿＿＿＿